abraços
negados

Em memória do meu pai, José

origem

"Eu antes tinha querido ser os outros para conhecer o que não era eu. Entendi então que eu já tinha sido os outros e isso era fácil. Minha experiência maior seria ser o outro dos outros: e o outro dos outros era eu."
CLARICE LISPECTOR

CHÃO DE INFÂNCIA

Engraçado, mas parece que é mesmo lá na infância, naquele terreno movediço, que a alma da gente cria raiz. Toda fantasia, todo choro, todo riso está lá, num começo que nunca acaba. Depois da infância, tudo é só um lembrar lamentoso.

Eu tenho tanta saudade que, de vez em quando, dá vontade de voltar no tempo. Se existisse uma cerca para pular de volta, acho que ficaria mais do lado de lá, no meu "chão de infância", naquela terra fértil de onde tirei o adubo para o meu crescer e da qual até os momentos tristes me fazem falta.

Gosto de cama quente e bagunçada no inverno. Mantas e travesseiros macios. Canecas de chá na cabeceira. De preferência, acompanhadas de chocolate em barra, para derreter na boca com o calor do líquido quente. Prazeres que só tive no futuro da minha meninice. Mas, às vezes, queria o meu frio da infância, sem agasalho, sem pijamas, sem meias.

O inverno, naquela época, era mais quente, ainda que o frio, às vezes, gelasse até os ossos. Dormíamos todos na mesma cama, e o que era ruim ficava bom: a mãe sempre ao alcance da mão na hora do pesadelo, o carinho da coberta pouca, esticada aqui e acolá para cobrir os pés gelados. Oito pés debaixo de um mesmo cobertor. Mas era bom dividir o que não tínhamos. Presenciar todo dia um pequeno milagre da multiplicação.

Lembro-me que a mãe sempre dizia: "Tem fé em Deus, minha filha, que amanhã vai ser outro dia e tudo vai melhorar". E o outro dia chegava sem nada de muito novo na nossa vida. Até que, em algum momento, os outros dias dos quais minha mãe falava começaram mesmo a chegar.

Hoje é um daqueles outros dias. Tranquilidade. Cadeira confortável a suportar meu peso. A luz alaranjada do sol a entrar pela janela, iluminando a mesa do computador. Uma fonte artificial a reproduzir o barulhinho de água corrente. Nada de frio. Nada de fome.

Mas não estou muito mais feliz que antes. Na verdade, acho que a carência da infância me moldou para ser triste. É assim há muito tempo. Até quando estou feliz, fico olhando em volta, procurando nem que seja um pouquinho de melancolia para completar minha alegria.

Deve ser por isso que ao pegar uma estrada e ver um casebre tosco e solitário plantado no meio do nada, sinto uma certa inveja daquela vida de pouquidão que eu tive e deixei para trás. Uma vida em que toda e qualquer alegria vira um padrão de felicidade inalcançável, porque está mergulhada no maravilhoso e inesquecível terreno movediço da infância.

O AMARELO E O ROXO

Eu tinha apenas cinco anos. Não tenho certeza, mas acredito que ainda estava aprendendo a distinguir e a nomear as cores. Até então, a única referência que eu tinha do roxo era um medicamento que os adultos chamavam de violeta. Um líquido meio pastoso usado para curar sapinho e boqueira, duas espécies de feridas que, por alguma razão desconhecida para mim, pipocavam na boca das crianças do lugar onde morávamos. Ela, a violeta, deixava a pele bastante manchada, e a cor roxa só desaparecia muitos dias após a aplicação.

Se até ali a minha relação com aquela cor fora distante, a partir daquele ano, ela passaria a preencher um grande espaço no meu pensamento, que devia ter, àquela época, a fragilidade de uma teia de aranha quando ainda está sendo tecida.

No meio da cozinha apertada, de chão cimentado e rodeada de cadeiras velhas, lá estava ela. Mais roxa do que nunca, ocupava quase todo o espaço, apertando as pessoas contra a parede. Sua dimensão tornava-se ainda mais gigantesca quando nela se refletia a luz das velas que decoravam o ambiente.

E que estranho poder tinha aquela cor! Angustiava, entristecia, apertava o peito e fazia chorar. E como as pessoas choravam. Cada uma choramingava baixinho, mas juntas, e naquele espaço tão desproporcional à quantidade de ocupantes, formavam um coro horrendo, uma ladainha que parecia ecoar por toda a casa.

Felizmente, o roxo não reinava ali sozinho. Discreto, acanhado, mas presente, ali também havia o amarelo. Eram apenas duas linhas finas, porém, sobrepostas à maligna robustez do primeiro, pareciam ganhar um brilho forte e resplandecer. E era nele que eu me concentrava. Ele, o amarelo, também era dotado de poder, mas de um poder diferente: alegrava, inspirava e conseguia fazer descer goela abaixo o nó que o roxo deixava na garganta – não sei se na de todos – mas, pelo menos, na minha.

Muito tempo se passou desde aquele dia, mas guardo essas duas cores até hoje no coração. Elegi o amarelo uma das minhas preferidas e sinto-me encorajada toda vez que me deparo com ele, seja nas paredes das casas, nas pétalas das flores ou no brilho do sol. Já o roxo... bem, consegui redimi-lo da culpa pela minha tristeza, mas mantenho distância, porque jamais pude fitá-lo sem me lembrar daquela ocasião. Aprendi, muitos anos depois que ele, o roxo, é símbolo de espiritualidade, e por isso estava ali naquele dia. Roxo e amarelo, ou como eu prefiro definir, amarelo e roxo, eram as cores daquele caixão. O caixão onde estava deitado o pai que não viveu o bastante para descobrir as estranhas e coerentes mensagens das cores.

EM NOME DO PAI

A lembrança que tenho do pai não é exatamente o que se poderia chamar de recordação. Recordar é lembrar novamente e, na verdade, não me lembro dele. O que se mantém gravado em minha memória é a imagem do seu rosto, porém ela foi elaborada a partir da única fotografia sua que eu cheguei a ver na vida, e não de uma lembrança real. É uma três por quatro, preto e branca que adquiriu um tom sépia com o passar do tempo. Ela ilustra a única folha que restou do que um dia foi sua carteira de trabalho.

Olhando-a num primeiro momento, quase nada é possível adivinhar sobre a personalidade do pai. Só com muito esforço consegue-se arriscar uma ou outra impressão. A musculatura tensa do rosto mostra o quanto devia estar incomodado por ter de posar para as lentes de algum desconhecido. Os olhos pequenos, que traziam algo de rude, quase de mal, harmonizavam-se com o resto do rosto, especialmente com um bigodinho que parecia ser o guardião da boca, garantindo que, dali, nem mesmo um meio sorriso escaparia. Os cabelos mal cortados e um terno sem caimento, com um nó de gravata dos mais desleixados que se pode imaginar, denunciavam o quanto era desprovido de vaidade, ou pelo menos das condições financeiras e psicológicas para se ocupar dela. Além do mais, é provável que a roupa não fosse dele. À época, era comum os fotógrafos terem uma roupa para emprestar aos clientes que não estavam, digamos assim, preparados para fazer o retrato. Talvez aí também residisse o desconforto do pai. Acho que nunca tinha usado terno e gravata. É possível que aquela tenha sido a única vez que se vestiu assim na vida, o que só serve para dificultar ainda mais a construção da imagem real dele.

Mas, como disse, é literalmente o retrato que guardei. Afora isso, não sei se era alto ou baixo, se tinha a barriga saliente, característica da meia-idade, ou não. Também não tenho ideia se tinha todos os dentes ou se os seus pés eram grandes. Somente do seu polegar guardo uma vaga noção anatômica. Mais especificamente do polegar direito. Ele, ou melhor, os contornos dele, estão estampados na mesma folha da Carteira de Trabalho e Previdência Social, que à época, 1977, era emitida pela Secretaria de Emprego e Salário. A sombra do que foi o dedão do pai, bem grande por sinal, está lá, no espaço ocupado por quem não sabe assinar o próprio nome. O pai não sabia. Sempre lamentei muito isso. Talvez inconscientemente até tenha me influenciado na escolha da profissão: meu trabalho é escrever. Escrevo todos os dias e, às vezes, penso como seria se o pai tivesse tido tempo de me ver crescer e escrever. Mas não foi assim. O pai foi embora antes mesmo que eu pegasse num lápis pela primeira vez. E não deixou muitas lembranças. A vida dele sempre foi meio misteriosa e não só para mim.

Tão parcas quanto as referências físicas que eu guardei do pai eram as informações que tínhamos sobre a sua origem. Minha mãe sempre garantira que ele era pernambucano. Só muito tempo depois, descobri, nos poucos documentos dele que restaram, a primeira controvérsia – local de nascimento: Monte Alegre do Sergipe, no estado de Sergipe. Puxando pela memória, meu irmão mais velho jurava de pé junto que o pai era de Bom Conselho de Papacaça, município de Pernambuco. Mas essa seria apenas a primeira de todas as incongruências que eu encontraria na história do pai. A segunda estava poucas linhas abaixo, na mesma folha da carteira de trabalho. O nome do pai do pai não aparecia ali. Até aí tudo bem. Ele não seria nem o primeiro nem o último dos homens a ser registrado apenas com o nome da mãe. Mas esse era outro problema. O sobrenome da minha avó não era o mesmo que o dele. Então de onde viera o nome do pai?

Diz a lenda que ele teria saído de Pernambuco fugido. Segundo contam os mais velhos da família, teria deixado para trás a primeira mulher e dois filhos. Essa talvez fosse uma explicação para a origem duvidosa do pai. É possível que tivesse mentido ao tirar o documento na tentativa de se manter na clandestinidade. Essa hipótese, no entanto, gera uma dúvida ainda mais cruel: será que o nome do pai era mesmo o que eu herdei como sobrenome? Afinal, pode ser que também nisso ele tenha mentido. E se for assim, a única coisa irrefutável que eu poderei guardar sobre o pai é o rosto estampado naquela foto e a sombra do seu dedão. ⎯⎯⎯⎯⎯⎯

A EMBOSCADA

O pai era um homem de sangue quente. Não sei se pela ascendência nordestina que dava a ele alguma identificação com o mitológico e conterrâneo Lampião, ou por causa das generosas doses de pinga que tomava todos dias, chovesse ou fizesse sol. Não tinha medo de nada e não levava desaforo para casa. Contam que uma vez reagiu a um assalto, quando percebeu que a arma dos moleques que o abordaram era um revólver velho e enferrujado. Botou os delinquentes para correr e se gabava muito disso, dizendo que era um cabra-macho e não ia se borrar à toa por causa de uma garrucha enferrujada.

Semanas depois, vinha caminhando pelas trilhas escuras perto do rio, na certa meio apressado. Voltava do trabalho como fazia todos os dias. Devia estar muito cansado. Sempre estava. O serviço era pesado. Passava o dia todo descarregando caminhões que chegavam a São Paulo abarrotados de sacas de arroz, trigo e feijão. Minha mãe dizia que, às vezes, formavam-se feridas nos seus ombros tamanha era a carga que carregava.

Provavelmente tinha sede também. Eram muitos os quilômetros que separavam a firma da nossa casa. A maior parte do trajeto era feita de trem e completada por um ônibus. Mas como o dinheiro era curto, quase nunca dava para pagar duas conduções, e ele chegava em casa a pé mesmo. Até por isso, imagino que suas pernas doessem. Além do exercício extra que fazia para economizar, trabalhava invariavelmente em pé e só parava na hora de comer a modesta marmita.

Suspeito, no entanto, que ainda lhe restava uma faísca de ânimo. As forças físicas, ao certo, estavam esgotadas, mas desfrutava o prazer do dever cumprido. Gostava de trabalhar. Podia ter – como de fato tinha – muitos outros defeitos, mas não fazia corpo mole. Era um homem trabalhador. Um pai de família como sempre repetia. E de família grande. Sete filhos e a mulher.

Estava acostumado à vida dura. Aprendera a conviver com a própria sina. Sempre trabalhara muito e ganhara pouco. Quase nunca reclamava da sorte. Fora um homem da roça. Colhera feijão e algodão nas fazendas de várias regiões do país. Até decidir vir a São Paulo, como tantos outros, em busca de uma vida melhor. E ali estava a caminho de casa.

Faltava pouco para alcançar seu quintal. Chegaria, arrancaria os sapatos e faria o cigarro de fumo de corda de que tanto gostava e que lhe deixava umas manchas amareladas na ponta dos dedos. Jantaria, depois dormiria, e, no dia seguinte, antes de o sol raiar, sairia de novo para o batente. Era essa a sua rotina.

No outro dia, no entanto, não saiu. Na verdade, nem chegou na noite anterior. Foi abordado por um, dois, não se sabe quantos assaltantes. Para assaltar não se sabe o quê. Não tinha dinheiro, não carregava nada de valor, só os documentos e a marmita vazia. Foi baleado no peito. O estrondo dos tiros soou por toda a vizinhança, que reconhecia o barulho de longe, já acostumada com a violência que ali imperava. Chegou a ser socorrido pelo filho mais velho, mas não teve forças para contar o que de fato aconteceu. Morreu nos braços dele, a caminho do hospital. Tal como seu ídolo Virgulino Ferreira, foi vítima de uma emboscada. O sangue quente de nordestino lhe escorria do peito.

MEMÓRIA DA SECA

De vez vem quando, sinto saudades de coisas que não vivi. Lembro-me de lugares por onde nunca passei. É como se estivessem impressos em minha alma os gostos, medos, amores e apegos de meus antepassados.

Nunca estive no sertão nordestino. Não conheço aquela região, a não ser pelas imagens do cinema, dos livros, da televisão. Mas tenho a alma fincada naquele chão, como uma estaca que fora martelada na terra ardente até ganhar profundidade para se sustentar através dos tempos.

Se fechar os olhos, posso me transportar para lá, sentir o gosto da terra seca na boca e o sol a me tostar a pele. Sempre gostei de terra seca. Do gosto, do cheiro, da textura, do prazer e do temor de sentir os pés queimarem ao seu calor, e até da poeira que turva as vistas quando um vento se levanta.

Da mesma forma, guardo uma preferência íntima por plantas e flores que sobrevivem com pouca água. Tenho um querer diferente pelas árvores secas e cinzas: sem folhas, sem frutos e tão vivas! Só dos cactos nunca gostei. Apesar de admirar a força com que encaram a vida, sempre me pareceram sofridos demais, doídos demais, como um Jesus a carregar seus espinhos.

Às vezes, o torpor dessas sensações é tanto que me pergunto de onde vêm esses gostos tão enraizados. Não parecem meus. Assemelham-se a sonhos distantes. São como viagens antigas, cujos álbuns se perderam no tempo. Sei apenas que alguns deles ganham força quando me lembro do pai, nascido numa daquelas paragens distantes e secas, que de quase tudo carecem.

Essas impressões se agigantam ainda mais quando me deparo na rua com um dos tantos nordestinos que vieram para cá como ele. Eles e suas faces de vincos precoces. Eles que sempre me dão a impressão de estarem sedentos. Queimados, suados, cansados. São o retrato do pai.

Acho que é o pai que me faz ter vontade de sorrir para essa gente nas calçadas, apertar-lhes as mãos, oferecer um copo de água, uma sombra e contar-lhes uma história. Sentir apreço por eles é dar vazão ao que pai sentiria. É entregar meu corpo à alma dele. É deixá-lo viver um pouco mais, estando ainda em mim.

Meu filho completa dois anos de idade depois de amanhã. Pediu à avó que lhe dê uma sanfona de presente...

PÃO, FÉ E PINGA

O lugar da minha infância não era um bairro comum, com praça, padaria, banca de jornal, colégio e feira livre uma vez por semana. Na verdade, não tinha quase nada. Só casas mal construídas, terrenos baldios e botecos, um a cada quarteirão. E era nesses bares que os moradores compravam os dois principais alimentos que consumiam ali: o pão e a pinga.

O pão em nada se assemelhava à crocante versão francesa, que sai quentinha do forno de qualquer padaria de esquina hoje em dia. Ao contrário, era assado em forma de bengala, enrolado num papel pardo e, invariavelmente, chegava à mesa murcho. Quem não tinha dinheiro para comprar o pão "fresco", podia levar para casa o do dia anterior (duro como uma pedra) com um belo desconto.

Mas, como alguém já disse, nem só de pão vive o homem, e acho que é por isso que o povo de lá bebia tanta pinga. A cachaça podia ser adquirida por alguns centavos o copo – aquele do tipo americano. A marca, se não me falha a memória, era Cavalinho, e vinha numa garrafa marrom, emoldurada por um rótulo amarelo opaco, em que provavelmente devia estar desenhado um cavalo.

Lembro-me de muitas vezes correr ao bar e voltar devagarinho, de pés descalços pelo chão sem asfalto, equilibrando o copo com uma dose que ia buscar para uma benzedeira que morava na minha rua a troco de algumas moedas. Chamava-se dona Etelvina, e fazia as vezes de médico para o povo dali. Rodeada de ervas e com um cigarro de palha na boca, receitava fórmulas e benzia de mal olhado, espinhela caída ou bucho virado. Sempre embalada por generosas doses de cachaça.

Nunca encontrei na minha experiência posterior como jornalista especializada em saúde nenhuma enfermidade que pudesse ser correlacionada aos diagnósticos da benzedeira. Mas o certo é que, às vezes, tinha fila na porta de gente querendo se consultar.

Como todo bom curandeiro, a velha não aceitava um único centavo pelo serviço que prestava. Pelo menos não em espécie. Mas se algum paciente curado pelo milagroso receituário que ela elaborava fizesse questão de retribuir a boa ação, ela não se fazia de rogada: aceitava de bom grado algumas bengalas, um naco de mortadela e, para acompanhar, uma boa garrafa de pinga.

NOITE INFELIZ

Tudo aconteceu numa das noites que antecediam a comemoração do Natal, no final da década de 1970. Correu de boca em boca entre os moradores do bairro que haveria uma farta distribuição de brinquedos e guloseimas numa escola não muito longe de casa. A notícia causou um verdadeiro alvoroço. Era preciso se preparar logo. Todos sabiam que um acontecimento daqueles atrairia provavelmente o bairro todo. Ninguém ia querer ficar de fora daquele banquete, muito menos nós.

A mãe soube da boca de uma vizinha que seria necessário guardar um lugar na fila na noite anterior para garantir a nossa parte no tal festejo. A mãe não titubeou. Juntou numa sacola uns pedaços de pão, uma garrafa de plástico cheia de água, fumo de corda, uns papelotes feitos de palha de milho e uma caixa de fósforo. Na outra, um pouco maior, enfiou três cobertores. Sim três. Cabiam na sacola porque eram bem pequenos. Pequenos e finos. Tão finos que era perfeitamente possível enxergar através deles, e depois de enrolados ficavam da grossura de um braço. Era o que a minha mãe chamava de coberta "seca-poço". Nunca entendi direito essa expressão, mas enfim, lá fomos nós, com as duas sacolas, juntar-nos a mais umas trinta pessoas, como numa procissão.

Montar acampamento na frente da escola para mim e para os meus dois irmãos – três pirralhos de sete, seis e quatro anos, era uma aventura e tanto. Para a mãe, só mais uma oportunidade de arranjar o que dar de comer aos filhos.

Chegamos e nos enfileiramos ao lado do muro da escola, como se estivéssemos esperando por um fuzilamento, em meio aos empurrões dos mais afoitos. Todos queriam o melhor lugar da fila. Sentam-nos no chão, a mãe se agachou ao lado e começou a enrolar o primeiro cigarro para enfrentar a longa madrugada. Não dormiria, tinha que ficar de olho em nós, afinal nunca se sabia.

Lá pela meia-noite, quando já estávamos desmaiados uns por cima dos outros, bateu o primeiro vento. O lugar era meio descampado e tinha em volta uma fileira de árvores de eucalipto. O barulho das folhas batendo umas nas outras anunciou que vinha frio pela frente. E veio. A temperatura caiu bastante, e até os eucaliptos pareciam se abraçar para se esquivar das rajadas de vento.

A mãe arrancou da sacola as três cobertas "seca-poço", de cor cinza e com listas vermelhas e brancas nas pontas. Elas caíram sobre nós como se fossem mantas de lã pura. Espremo-nos um pouco mais contra o muro e dormimos como se estivéssemos numa cama *king size* de hotel cinco estrelas.

A mãe não se importou com o frio. Aliás, por alguma estranha razão, quase nunca tinha frio nem fome. Sempre deixava as cobertas e a comida para nós, sem se importar com a própria pele ou estômago. Mas, naquela noite, teve um momento de fraqueza. Deu uma cochilada, nunca soube de quanto tempo, mas foi o suficiente para acabar de vez com o nosso Natal.

Acordamos sobressaltados e gelados. Algum larápio, aproveitando a vacilada da nossa mãe, roubou as cobertas "seca-poço" e nos deixou ao relento, com os dentes batendo de frio.

A mãe botou a boca no trombone, acordou todo mundo que estava na fila, mas não adiantou. Nunca mais veríamos os nossos cobertores. Indignada, tomou-nos pela mão e voltou para casa chorando. Não só ela, mas nós também. De frio e de tristeza. Não ganharíamos os tão esperados brinquedos e nem as guloseimas prometidas. Para piorar, perdemos nossas cobertas que tanta falta faziam, fosse inverno, fosse verão.

A MALDIÇÃO DO ESPELHO

Sempre tive medo de espelhos. Desde a infância, aprendi a olhá-los com uma espécie de temor na alma, e não por acaso. Muitas das lendas que ouvia na minha meninice agigantavam meus pavores e alimentavam a crença de que esses objetos eram dotados de poderes sobrenaturais dos mais horripilantes. Acreditava que quem olhasse para um deles com o estômago cheio podia despertar a sua fúria e ter o rosto transformado numa massa disforme de músculos contorcidos. Pensava que, se durante uma mudança ele trincasse, era sinal de má sorte, de que algo maligno aconteceria na nova casa. Também estava convencida de que guardar espelho quebrado atraía tristezas de todos os tipos. Mas nada era mais assustador do que a ideia de que, durante uma tempestade, os espelhos atraíssem raios capazes de fazer a noite parecer dia, iluminada até o ponto mais distante que a vista pudesse alcançar.

Toda vez que uma chuva mais forte se desenhava lá longe, ou quando pingos grossos caíam no meu quintal formando uma estrela no chão e levantado aquele inconfundível cheiro de terra molhada, corria a guardá-los nas gavetas, sempre com o cuidado de botar a parte espelhada virada para baixo, como costumamos fazer com o retrato das pessoas que dizemos não amar mais, embora não tenhamos coragem de jogá-los no lixo.

Uma vez sonhei que, mesmo depois de me cercar de todos esses cuidados, durante a tempestade, atormentada com a ideia de ser fulminada por um raio, vi umas faíscas de luz se embrenharem pelas frestas da veneziana e pela fenda na soleira da porta e rastejarem até a cômoda onde eu havia escondido um pequeno espelho que tínhamos em casa. Espertos e sorrateiros, os lampejos do raio que havia caído muito longe dali tinham adivinhado o esconderijo que eu tinha criado para aquele objeto misterioso.

Tremendo da cabeça aos pés, fechava os olhos e ficava encolhida sobre a cama, esperando, com o coração aos pulos, o desfecho trágico. Acordei com os olhos esbugalhados de terror no exato instante em que o reflexo disparado de dentro da gaveta ia atingir meu corpo e me jogar para longe, sem que me restasse tempo para brincar uma vez mais com a caixa de lápis coloridos com os quais eu escrevia no papel do pão.

Essa experiência fez com que eu me distanciasse ainda mais dos espelhos. Quase nunca os fitava. Com o tempo, desenvolvi uma técnica especial para desembaraçar meus cabelos sem precisar recorrer a eles, e assim fiquei por muito tempo. Mas o episódio com os raios estava longe de ser a experiência mais marcante que eu viria a ter com eles. A pior de todas aconteceria anos depois, quando essas lembranças já estavam enroscadas nas teias de aranha que o tempo foi depositando dia a dia sobre cada uma delas.

Era um dia qualquer do mês de maio, daqueles em que o céu adquire um azul intenso, faz frio na sombra, mas a pele da gente chega a ficar meio ardida ao ser tocada pelo sol. Um daqueles dias tão bonitos que dão a impressão de que todos os males do mundo foram aprisionados num vale de pedras profundo e distante.

Acordei de manhã com a boca muito seca, como se tivesse atravessado um deserto escaldante e há muito não tomasse um copo de água. Quando esfreguei a mão nos olhos, na atitude típica de quem vai despertando cada uma das partes do corpo aos pouquinhos, senti uma saliência estranha no rosto, logo acima da sobrancelha. Fiquei ainda mais aterrorizada ao tatear outros caminhos e perceber que, de uma ponta à outra, estavam tomados daquela estranha protuberância.

Enquanto me perguntava que sinistro feitiço era aquele que se abatera sobre mim, lembrei-me de que o espelho me diria sem meias palavras o que havia acontecido. Precisava apenas reunir coragem para interrogá-lo, o que era penoso após tanto tempo me esquivando dos seus poderes.

Ainda meio indecisa, fui até o banheiro e cheguei perto da parede em que o espelho ficava pendurado, um espelho já meio velho e com a moldura de madeira cor de laranja se desprendendo. Coloquei-o em frente ao rosto com os olhos bem apertados. Devagarinho fui entreabrindo as pálpebras, até que pude ver meu rosto preenchendo todos os seus espaços. Tomei um enorme susto quando percebi minha pele pipocada de pequenas feridas. O medo fez com que o espelho me caísse das mãos e se espatifasse em milhares de pedacinhos brilhantes pelo chão encerado de vermelho. Só muitas lágrimas e minutos depois, minha mãe me convenceu de que o que eu pensava ser uma maldição era apenas um passageiro surto de catapora. _____

DESIMPORTÂNCIAS

Eu tinha os olhos grudados no vidro do carro. Olhava sem ver o trânsito lento do lado de fora, na avenida Brasil. Foi quando me concentrei nas gotas de chuva que caíam sobre a superfície lisa. Pequenas elas, mas com um brilho forte como o de um delicado cristal gelado. Ao tocarem o vidro, desciam lentamente, encontrando-se no caminho com outras, ora maiores, ora menores que elas.

Durante os abraços que trocavam, fundiam-se até se unirem de todo e ganharem uma nova e única forma. Mais gordas e pulsantes, novamente escorregavam naquela transparência, assim de leve, num zigue-zague que mais parecia um balé, até atingir o friso da janela do carro.

Ao chegarem ali, separavam-se então em minúsculos fragmentos e recomeçavam aquele tobogã imaginário, colhendo no brilho das suas iguais a essência daquela quase inexistência, sem qualquer sombra de melancolia. E eu... eu mantinha meus olhos fixos no vidro e percebia crescer no peito uma enorme vontade de ser gota.

Tem dias que é assim. As desimportâncias da vida ganham forma, voz, e brilham como pedras preciosas outrora confundidas com cacos de vidro. Não faz muito, senti meu coração se encher de emoção ao me deparar com uma joaninha. Sim uma joaninha. O ser mais encantadoramente desimportante do universo.

Quando era pequena, ficava radiante ao encontrar uma delas perdida num galho de folhagem ou escondida nos brincos de princesa que enfeitavam a cerca da casa vizinha. Sentia um prazer íntimo ao experimentar suas patinhas a roçar minha pele, provocando uma coceira deliciosa e macia. Adorava observá-las bem de perto, divertindo-me com suas tentativas de fuga frustradas pelos movimentos das minhas mãos.

Eram boas companhias aquelas joaninhas. Mas eu nunca entendi muito bem como podiam resistir assim...tão pequenas e frágeis num mundo projetado para os grandes; embora; às vezes sentisse-me como elas, um tanto sem norte e pequena demais, no meio da gigantesca carência que me rodeava. Por isso gostava de brincar em silêncio debaixo das folhagens, no meio das bananeiras e sob os pés de mandioca. Lugares onde o único gigante era eu e as faltas, as ausências e os temores não encontravam espaço para se abrigar.

Naqueles refúgios, eu me esquecia dos banhos mornos enfeitados de gracejos e carinhos que eu não tinha, das melodias doces cantaroladas baixinho e dos pijamas de algodão, limpos e cheirosos, que não embalavam meus sonhos.

Algumas vezes, inventava contos de fadas para minhas companheiras joaninhas, e creio que aqueles seres minúsculos realmente acreditavam em mim. Nas minhas histórias, o pai era um homem bom e calmo e a mãe uma senhora doce e alegre, os dois vivendo sempre em harmonia. Nossa casa tosca ganhava cores nas paredes. As panelas de alumínio que a mãe colocava para secar na janela viravam floreiras repletas de onze-horas. E o cheiro monótono da polenta se transformava num delicioso aroma de bolo de chocolate.

Nesse mundo imaginário, uma fada madrinha nos servia, adornada de flores silvestres, uma mesa farta de frutas secas e olhares úmidos. Montava pratos coloridos e quentes, recheando massas com afagos, dourando carnes em conversas gentis, cobrindo com mel nossas amarguras e nos oferecendo manjar branco, salpicado de alegria e fé.

E eu... eu era apenas uma criança feliz que inventava histórias para alegrar uma pobre joaninha.

TRENS E APITOS

Um bom tanto da paciência que ganhei dos deuses quando nasci, larguei em alguma esquina distante da vida, ao ser arrastada pelo turbilhão de tarefas que o cotidiano me impôs desde cedo. Essa lembrança me despertou de súbito, como a onda que parece perder o vigor no caminho até a praia e, de repente, arrebenta forte, espirrando suas lágrimas sentidas em direção ao céu. Trouxe de volta a criança que eu fui e a gente humilde que morava no bairro onde passei a infância e que não parecia ter pressa para nada. As pessoas dali levavam a vida ou se deixavam levar por ela, sem se preocupar muito com o passar das horas. Acho que a razão daquela displicência era o jeito tão particular que tínhamos de medir o tempo.

Raramente acompanhávamos as horas pelo relógio ou nos orientávamos pela posição do sol. Para nós, o tempo era medido em trens e apitos. O bairro onde morávamos era dividido por uma linha de trem que, à época, era o meio de transporte mais usado para chegar ao Brás ou à praça da Sé. E eram esses trens, passando de hora em hora, que desempenhavam o papel de despertador para quem precisava cumprir horários.

Havia um trem para a hora de sair para o trabalho, um para começar a preparar o almoço, outro para ir buscar as crianças na escola. Quando a noite caía, eram eles também que regulavam os horários do jantar, do banho, da novela e até o momento de dar o último beijo no namorado antes que o pai desse a ordem para entrar.

Quem, por descuido perdesse o trem, ou melhor, a hora, podia contar ainda com o apito da fábrica, uma indústria instalada na divisa com o bairro vizinho, que chamávamos simplesmente de Fábrica de Papel.

A exemplo dos trens, o apito da fábrica tocava de hora em hora e, o que era melhor, soava também quando faltavam quinze minutos para completar uma hora cheia. E era assim, de trem em trem, de apito em apito, que as pessoas do nosso mundo programavam suas atividades diárias. Muitas vezes, esperava-se o trem ou o apito para começar o dia: levantar da cama, colocar a água do café para ferver, ir buscar o pão ou simplesmente tomar a primeira pinga.

DA DIFÍCIL ARTE DE FABRICAR SAPATOS

Às vezes, sinto saudades do tempo em que eu fabricava sapatos. Há muito não me lembrava disso, mas o meu primeiro trabalho nessa vida foi fabricar sapatos. Comecei no ofício aos dez anos de idade, numa fábrica improvisada no fundo do quintal de uma vizinha. Sua arte de transformar pedaços de couro em pares de calçados aguçou cedo minha curiosidade. Quase todos os dias, eu ia lá e ficava deslumbrada com a habilidade dela para manusear o couro e, magicamente, imprimir-lhe a forma semelhante de um pé.

O encantamento aumentava quando eu via as pilhas de sapatos ordenados por cor e tamanho se avolumarem rapidamente sobre as mesas, esperando apenas a sola para seguirem seu destino. Eram tantos e de cores tão diversas, que eu imaginava serem suficientes para calçar todos os pés do mundo.

De tanto me encontrar rondando por ali, um dia a dona Neide me colocou para trabalhar. Acho que adivinhou meu interesse, além de saber da minha precisão. Comecei separando os pares, que eram costurados uns nos outros, formando uma espécie de centopeia sem pés. Era preciso ter muito cuidado no manejo da tesoura. Ao menor deslize dos dedos, ao invés da linha, cortava-se o couro e a peça já não servia mais. Logo peguei o jeito e, todas as vezes que um novo monte de sapatos costurados se formava, lá estava eu com uma disfarçada satisfação a me roçar os dedos. Trabalhei com afinco e em pouco tempo aprendi novas funções: passar cola, dobrar o couro com a ajuda de um martelinho e até refilar. Só não pude deixar de ser criança. Secretamente, gostava de fazer bolinhas com os restos de cola e me divertia com os retalhos de couro, transformados em pulseiras trançadas e anéis coloridos.

Aos poucos, tornei-me parte daquele lugar. Adorava me concentrar no barulho das máquinas de costura fazendo zigue-zague sobre o couro, no ritmo dos martelinhos batendo sobre as placas de mármore e nas músicas antigas que a dona Neide ouvia no rádio e cantarolava com gosto nos dias ensolarados. Ela sempre detestou dias frios e chuvosos. Dizia que tinha preguiça de sair da cama e, se pudesse, ficaria lá no quentinho, como um urso daqueles que se enroscam nos próprios pelos para se aquecer. Nunca disse isso a ela, mas tenho para mim que aquela preguiça era feita de tristeza. Tristeza por ter perdido tão jovem o amor da vida dela, cuja morte lhe deixou de herança cinco filhos e uma solidão que ela aprendeu a ninar dentro do peito, mas os ventos das noites de inverno teimavam em acordá-la.

Para mim, no entanto, que ainda não vivera o bastante para saber o quanto é doído dormir sem um corpo quente ao lado, os dias frios não eram tão tristes assim. Ao contrário, tinham um gosto muito bom. Um gosto de café com bolinhos, preparados por ela para os intervalos do trabalho, e que eu comia com satisfação, a não ser quando um sentimento de culpa me cutucava a boca do estômago, lembrando-me da fome dos meus irmãos.

Era uma vida boa aquela. E, embora o dinheiro ganho não passasse de alguns trocados ao final da semana ou da quinzena, eu me sentia orgulhosa de poder levá-lo para casa. Hoje, sei que vinha dessa satisfação o poder daquele dinheiro tão abençoado. Dinheiro capaz de distender os músculos do rosto da mãe num riso quase feliz, um riso que anunciava o pão do dia seguinte e parecia iluminar nossa casa, tão pequena e pouca.

BANANAS VERDES

Gosto de carne vermelha. Aqueles bifes suculentos e cheirosos, dançando na frigideira adornados por grossas rodelas douradas de cebola, sempre me abriram o apetite.

O sangue rubro escuro, transformado lentamente em molho cor de madeira, nunca me trouxe qualquer compaixão pelo boi. Pelo contrário: bifes vermelhos, grandes e acebolados, sempre foram para mim sinal de fartura, abastança, sustância. Vida, em suma.

Deve ser porque raramente os via nos pratos pálidos que comíamos na infância e que formavam um arco-íris desbotado e cíclico: branco-farinha, amarelo-fubá, marrom-feijão, verde-banana.

Sim verde-banana. As bananas, ainda verdes, a exemplo de outras poucas frutas em mesmo estágio da vida, complementavam nossas refeições com frequência. Os tempos da fome e da maturação do fruto andavam em ritmos desencontrados e, por isso, elas iam para o prato logo que despontavam nos pés espalhados pelos quintais vizinhos.

A mãe as cozinhava com a casca e, muitas vezes, as engolíamos pelando de quentes, e ainda mais escurecidas, com bastante sal. Tinham então uma cor indefinida, que deviam emprestar da amargura por não terem vivido o tempo que a natureza em geral lhes concede.

Muitos dos outros matizes que alimentam a vida, sequer conhecíamos: uva, beterraba, cenoura, mostarda, morango, chocolate, pêssego, cereja, salmão. Só o verde parecia brotar em abundância por ali. Verde-banana, verde-mamão, verde-goiaba, verde-couve, verde-cebolinha, verde-chuchu. E, felizmente, verde-esperança. _____

PRIMAVERA

Meu querer pelas flores nasceu pelas mãos sujas de terra da mãe. Lembro-me de que ela vivia a pelejar flores no nosso quintal quando eu era pequena. Mas, só de vez em quando, uma daquelas mudas vingava. Era quase estéril o nosso chão. Mesmo assim, a mãe não desistia.

Quando por um generoso milagre da natureza, uma margarida pegava, ela se esmerava em protegê-la com todos os cuidados que era capaz de arquitetar. Regava a planta de manhã e à tarde, fazia pequenas cercas de gravetos em torno dela e, às vezes, colocava casca de ovo ou de batata bem perto da raiz.

Se uma chuva forte se formava, corria a escorar os galhos com ripas de madeira. E não era raro vê-la, depois que a tempestade passava, a levantar ramos quase mortos com um pesar comovente, tentando ajudá-los a superar as dores da queda.

Não sei ao certo se a mãe se dava conta da beleza de tais gestos. Talvez nem se apercebesse da pureza daquele amor. Dava às plantas tudo que podia. Alimentava, protegia, acalentava. Em troca, satisfazia-se com um desabrochar, por tímido que fosse, como um adolescente que vê a paixão agigantar-se no coração ao ser contemplado com um sorriso da menina adorada.

Eu nasci em setembro. E gosto de pensar que sou como uma das flores que a mãe tentava cultivar em seu pobre jardim. Quando era frágil como um galho que acabara de brotar, ela me cercava de cuidados parecidos com os que devotava às suas flores. A comida nos horários certos, ainda que o alimento fosse incerto. As mãos quentes a proteger-me durante a noite contra o frio. O olhar amparador a me acalmar depois dos pesadelos.

Talvez a mãe não saiba da importância de tais gestos. É possível que nunca tenha enxergado a pureza desse amor. Mas eu sim. Sempre a vi como uma gigantesca figueira a nos proteger. Com sua copa densa e forte a filtrar as tempestades que nos atingiam tão frequentemente.

E foi à sombra dessa figueira que eu cresci. Alimentada pelas folhas que se soltavam dela, e que depois de decompostas pelo tempo, voltavam a germinar em mim.

Floresci há pouco tempo, como um pé de margaridas brancas e delicadas, plantadas em solo fértil, banhadas de luz e de água. Sou a primavera da minha mãe. E também já dei um fruto, que amanhã vai suceder o outono de mim.

ABRAÇOS NEGADOS

Eu tinha apenas dez anos de idade quando me tornei mãe pela primeira vez. Minha doce e terna filha era já uma velhinha de faces esculpidas pelas rugas, ombros encurvados pelo peso dos sonhos perdidos e pernas vacilantes de desesperança quando a tomei para mim. Até hoje me pergunto, toda vez que me deparo com seus olhos miúdos e embaçados, qual foi o momento exato em que fizemos o pacto silencioso de trocar nossos papéis de mãe e filha.

Na memória que consegui preservar, os rastros desse momento se confundem em tempos imprecisos, mas acho que a mãe passou a ser minha filha quando comecei a trabalhar. Eu era como disse, apenas uma criança, embora já, a essa altura, começasse a se manifestar em mim a maturidade precoce, que brotava forçada pela necessidade, igualzinho à parreira de chuchu que se esgueirava pelo teto da nossa casa quando não encontrava mais a cerca para se apoiar.

Tenho para mim que o fato de não ter mais o pai, e de enfrentar o batente tão cedo, credenciou-me ao posto de mãe da família que devia ser ocupado por ela, ainda que essa troca de lugares tivesse sido selada somente entre nós, sem o conhecimento de mais ninguém.

Ao que me lembre, desde que comecei a levar o dinheiro mirrado, mas muito suado, para dentro de casa, a mãe passou a me olhar como se eu fosse um ser muito importante e grande, a despeito da minha franzina estatura. Não me dava broncas, acatava minhas decisões, pedia conselhos de toda ordem e sempre me olhava com orgulho e admiração.

Pelo que me recordo, nunca fui vítima dos vergões deixados pelas varas verdes que ela de vez em quando usava para dar um corretivo em meus irmãos, e que pareciam doer mais nela do que neles. Nem um único tapa levei daquelas mãos calejadas, esfoladas pela corda, que ela puxava várias vezes ao dia para tirar a água do poço.

Em todos esses longos anos, a mãe nunca me pediu colo, como as crianças fazem quando se sentem inseguras e desamparadas. Porém, foram muitas as vezes que vi sua boca murcha, em que apenas alguns cacos de dentes resistiam, estremecer de tristeza, enquanto seus olhos procuravam os meus em busca de algum conforto.

Nesses momentos, as rugas que lhe vincavam o rosto pareciam ganhar profundidade tamanha que eu tinha a impressão de que aqueles traços ressaltados pelas lágrimas lhe doíam como cortes de faca.

Durante muito tempo, mesmo com o coração apertado, eu não cedia à tentação de abraçá-la com todo o calor da alma e confortar seu coração e o meu. Aliás, quase nunca a abraçava ou beijava. Acreditava que esses carinhos incontidos podiam ser vistos como sinais de fragilidade. E eu sabia que alguém tinha de ser forte entre nós, e, naqueles momentos, e por toda a vida, esse alguém era eu.

Mas nem tudo era tristeza na nossa vida. Como o pai que volta do trabalho trazendo um agrado para o filho, eu me esforçava para alegrá-la sempre que o bolso permitia. A mãe nunca teve luxo, mas eu me esmerava em realizar seus pequenos desejos: queijo branco, biscoitos de polvilho, brevidades, ou mesmo uma única bala de hortelã eram, para mim, e creio que para ela também, os símbolos do nosso afeto.

Minha maior alegria era poder lhe dar flores. A mãe sempre as amou, fossem rosas, margaridas, gerânios ou dálias, amor esse, que é uma das raras coisas que dela herdei. Vez por outra, quando passeamos por algum lugar diferente, a surpreendo ainda com as mãos sujas de terra, arrancando mudas de flores pelos jardins por onde passamos, mesmo sem ter onde plantá-las depois. Coisas da mãe.

Felizmente, com o passar do tempo, a vida ficou mais doce para nós, o que me permite comprar-lhe flores mesmo em datas que não são especiais. Acostumei-me também a dar-lhe ovos de Páscoa e panetones, coisas que ela detesta comer, mas adora exibir como troféus em cima da geladeira.

Levar-lhe um bolo para o café de domingo à tarde ou preparar o almoço em sua cozinha bagunçada são coisas singelas que aprendi a apreciar e valorizar por causa dos olhares brilhantes que ela me envia até hoje quando estou por perto.

Agora ela já não é mais minha filha única. Tenho um filho que parece ser também um dos maiores amores dela. Quando a vejo com meu menino nos braços, dizendo-lhe repetidas vezes que o ama (como raras vezes ela disse a mim), sinto-me recompensada por tudo que fizemos uma pela outra e apreensiva por não saber quanto tempo ainda teremos para estar juntas.

Mas o melhor de tudo é que, ao crescer, descobri não ser mais necessário conter meus carinhos para que ela se sentisse amparada. Agora faço questão de abraçá-la todas as vezes que posso, de beijar seu rosto enrugado e acariciar seus cabelos fartos e grisalhos.

Há muito notei que, nesses momentos, ela se demora um pouco mais naquele gesto, como se quisesse compensar todos os abraços que lhe foram negados durante a vida. E eu... bem, eu também me deixo ficar ali, sentindo seu hálito amargo de fumante inveterada para depois contemplar, com os olhos rasos d'água, seu rosto iluminado e seu sorriso estampado em falsos dentes brancos que pude lhe comprar depois.

TEMPO

Eu queria não ter pressa. Se pudesse fazer aos céus um pedido, mirando meus olhos cerrados num gênio da lâmpada imaginário – Deus, quem sabe – pediria mais paciência com a mãe. É, paciência. A virtude das virtudes. Um tempo interno que corresse manso como a água num arroio e me permitisse olhá-la nos olhos com calma. Horas inteiras para ouvi-la sem exasperação. Momentos eternos para compartilhar suas queixas demoradas, sem interrompê-la antes que terminasse de falar. Relógios que andassem lentos e me pusessem a repetir ao ritmo de seu tique-taque as palavras que os ouvidos gastos dela não conseguem mais apreender de todo.

A mãe anda tão só! Encarcerada num mundo de pensamentos e medos que ninguém mais tem interesse de partilhar, de histórias escritas em letras apagadas, sem leitores dispostos a reler e anotar comentários nas margens. Está presa às amarguras do passado. Amarguras que passaram para nós, mas ainda brotam verdes nela.

Nós, que montamos um teatro inútil todos os finais de semana em sua casa tumultuada e vazia. Estamos sempre lá, mas, no fundo, essa é apenas uma tentativa débil de lhe fazer companhia. Nem a enxergamos direito. Somos surdos aos seus apelos silenciosos. Mudos aos seus pedidos de conversação. Deve ser por isso que, por mais tarde que saíamos, ela sempre diz "é cedo, gente". É como se nunca bastássemos.

Cinquenta anos de solidão é demais para uma mulher! Ou seriam oitenta anos de solidão? Desde que o pai morreu a mãe nunca mais teve ninguém, embora eu me pergunte, às vezes, se ela não era ainda mais solitária quando o pai estava vivo. Não havia em nossa casa o cheiro que os casais emanam quando estão verdadeiramente juntos. Era moça ainda quando ele partiu, mas é como se o restante da vida tivesse reservado só para se lamentar. Chorar as fomes do corpo e da alma.

É, mas, ultimamente, a mãe não tem chorado. Seus olhos andam secos, o que me causa um certo desconforto. O choro da mãe sempre foi seu grito de vida. Era comum vê-la transbordar em lágrimas. Lágrimas engrossadas por todos os outros líquidos represados em seu corpo robusto e fértil. Penso que um pouco daquela aguaceira toda vinha do ventre. Do seu ventre úmido ainda, aposentado a contragosto por pura escassez de sementes para germiná-lo.

Tenho notado que sorri pouco também. Risadas completas então, não me lembro de ter ouvido uma sequer, há tempos. Só a mesma voz baixa, rouca e melancólica, entrecortada por pigarros constantes. O tom de quem pede desculpas por ainda ocupar um espaço no mundo.

Outro dia, ela teve uma pneumonia. A foto dos seus pulmões revelou uma infecção branda, mas nos trouxe algumas surpresas: várias calcificações em seu peito. Nódulos de doenças que se curaram naturalmente. Sem camas quentes, chás, canjas, flores, carinhos e adulações. Uma tuberculose, talvez, que se perdeu em meio às dores que ela aprendeu a suportar em silêncio, de tanto senti-las sempre.

É por isso que eu queria ter mais paciência com a mãe. Queria dizer a ela desse amor que sinto e apenas escrevo. Pensando bem, acho que vou ligar pra ela. Dizer simplesmente: estava aqui no meio de umas palavras, mãe, e me lembrei de você... É, vou fazer isso sim. Vou já agora fazer isso, enquanto o tempo existe e minha paciência me escuta.

FARÓIS DO ABANDONO

Quando a dor lancina, alguns choram. Outros encarceram-se. Uns poucos gritam. Outros tantos oram. Eu, quando a dor me inflama, escrevo. Transformo lágrimas represadas em letras. Junto-as gota a gota até que meu pranto se esvai de súbito, numa torrente de palavras doídas.

Não escrevi quando meu irmão morreu. Eram muitos nãos para caber numa carta apenas. A não compreensão, a não paciência, a não cumplicidade. Sequer pude fitar seu último olhar amarelado, de certo suplicante. Um olhar sempre ajuda a escrever, mas não vi o dele. Lembro-me apenas dos pés, também amarelados, despontando teimosos por baixo do cobertor vermelho, na sala estreita do hospital.

Quase nada me recordo daquela visita muda a distância. Só há pouco tempo me dei conta de que aqueles pés gravados em minha memória eram uma visão transmutada dos seus olhos ainda vivos pousando sobre os meus, a mendigar um último abraço, uma palavra ao menos. Estavam ao alcance das minhas mãos eles, e eu podia ter acariciado os dedos, beijado as unhas grossas e lhe sussurrado num pranto seco a minha tristeza. Não tive tempo de sentir assim.

Depois disso, tornou-se comum recriar seus olhos na memória. Os olhos de riso, os olhos de dor. Os faróis do seu abandono. Aqueles olhos miúdos que eu procurei insana sob os viadutos na véspera de Natal. As luzes da solidão, que me acostumei a encontrar na prisão. As pálpebras rebaixadas e lentas a cada novo sermão, que eu muito mais nova lhe passava, e ele ouvia com um respeito dolorido.

Hoje, choro toda a sua ausência entre essas letras. Não o vazio cotidiano, dos sons produzidos a cada passo, a cada escarro, porque ele ficou muito pouco entre nós. Choro a falta da presença imaginária do meu irmão. A certeza de que uma hora qualquer ele apareceria do nada, como no dia do meu aniversário de dezessete anos, quando chegou a casa com um bolo de padaria nas mãos e me disse com os olhos tingidos de uma leve embriaguez "Viu só mana, não me esqueci de você".

Por isso decidi, há algum tempo, escrever para ele. Não uma carta apenas, mas um livro inteiro só por ele. Vou contar sua história para, quem sabe assim, encontrar a lógica interna daquele viver marginal que nunca fui capaz de compreender. Durante esse caminho, quero ter o lume dos seus olhos a clarear meus sentidos, e espero enxergar esse lume, mesmo que ele apareça na forma de um pé. Um pé teimando em dizer adeus antes de atravessar o limiar entre a vida e a morte.

CHEIROS DA VIDA

Há muito que venho pensando em montar um álbum de recordação diferente. Minha ideia é catalogar, e datar ainda que em tempos imprecisos, todos os aromas que fizeram parte da minha infância. Sim, os aromas. Aquelas fragrâncias, cujas gotas perfumam as páginas da vida da gente, mas nem sempre as percebemos ali. Nessa coletânea, no entanto, só entrarão os cheiros felizes. Os tristes, estes deixarei de lado, pois gostaria que evaporassem no ar, sem que nenhum vestígio restasse.

Numa breve passagem pela minha memória olfativa, posso identificar vários deles numa atmosfera imaginária. O cheiro do café passado no coador de pano, que a mãe preparava diversas vezes ao dia para acompanhar o seu cigarro de palha, o aroma do fubá torrado com açúcar que ela nos dava para comer, quando nada mais havia para substituí-lo no café da manhã, e dos bolinhos de chuva salpicados de canela em pó, tão saborosos quanto raros em nossos lanches da tarde.

É como se várias nuvens perfumadas passassem por mim, cada uma delas carregando um cheiro e uma lembrança, ora do tergal novo do uniforme escolar azul e branco, ora dos livros e cadernos ainda intocados ou da caixa de lápis coloridos que guardavam por longo tempo o odor da madeira.

Sem muito esforço, posso respirar ainda o perfume das folhas dos eucaliptos que circundavam a escola, do capim que ladeava as trilhas que percorríamos para chegar à aula e das dálias molhadas de chuva que se debruçavam nas cercas das casas vizinhas.

Consigo sentir minhas narinas envolvidas por uma mistura exótica e doce que demoro a reconhecer. Percebo, depois, que vem dos perfumes Avon que a tia Célia colecionava sobre a penteadeira espelhada, cujos vidros me serviam de brinquedos quando já estavam vazios. Exalavam fragrâncias tão marcantes quanto a alegria da tia, e emprestavam brilho e fantasia às toscas casinhas que eu montava no fundo do quintal.

De todos esses cheiros, entretanto, o mais forte é também o mais raro, impossível de reproduzir, exceto em minha memória. Ele vinha de uma graminha verde, rasteira e miúda que se espalhava pelo chão do quintal de uma família que morava em frente à nossa casa.

Lembro perfeitamente da vegetação que se entranhava no meio de uma superfície mal cimentada, aproveitando-se de toda e qualquer migalha de terra para sobreviver. Recordo também que aquele cheiro se intensificava quando alguém arrancava a grama dos cantos ou pisava sobre ela, como se gritasse ao mundo que não queria fenecer.

Tenho para mim que, se pudesse associar ideias e impressões aos cheiros na época, diria com a pureza de então que aquela era a essência das famílias felizes. O aroma da harmonia. O odor da união. O perfume do entendimento. A fragrância da esperança, que fazia daquela casa um lugar tão especial.

Outro dia estive lá, na mesma casa. Procurei em vão pelos cantos agora revestidos de cerâmica alguma folhinha daquela vegetação, algum sinal daquele cheiro que nunca mais experimentei em lugar algum. Não encontrei. Mas não fiquei triste por isso.

Percebi, satisfeita, que a essência desse perfume está impregnada em mim. É como se, até hoje, uma pequena muda daquela graminha estivesse plantada em algum canto da minha alma, e vez ou outra seu perfume se espalhasse arbitrariamente pelo ar, como se alguém estivesse a podá-la. São cheiros da minha vida. Aromas guardados em pequenos frascos imaginários, que poderei sempre soltar no ar todas as vezes que um vento de saudade chegar perto de mim.

ADEUS, ANO VELHO

Lembro que no início era uma festa de cores e aromas nossa passagem de ano. As famílias todas, vinculadas por laços estreitos ou largos, estavam quase sempre juntas nessas ocasiões. Sobrinhos, primos, tios, cunhados e agregados como nós se dividiam na arrumação da casa e no preparo das iguarias, produzindo um espetáculo inesquecível para meus olhos de criança.

Durante muito tempo, o anúncio da festa chegava a mim ainda no mês de novembro, quando as primeiras ameixas, pêssegos e uvas rosadas começavam a aparecer nas bancas das feiras livres, exalando fragrâncias que eram como o vento do réveillon a soprar.

Porém, era com o cheiro quente do manjar branco, retirado fumegante da panela, que meu coração se inquietava e dava início a uma contagem regressiva pontilhada por perus, saladas enfeitadas com flores feitas de tomate e pudins de várias espécies que, aos poucos, ganhavam seus espaços na mesa forrada com toalha branca de renda.

Lembro-me que a emoção culminava com o barulho lento e compassado das colheres que levavam à boca dos adultos a sopa de lentilhas ou semolina, tomada sob um respeitoso silêncio, pouco antes da chuva de fogos.

Nunca participei do ritual da sopa, mas sei bem que, só após sorver em prece a pasta cremosa, promessa de prosperidade, é que eles se dirigiam para o meio da rua, onde se juntavam às crianças e aos céticos para formar uma imensa e inseparável roda humana, que passava rente aos portões das casas vizinhas.

À medida que cantávamos a melodia de despedida ao ano que findava, começava a se formar, de pouco, um doído nó na minha garganta que, na segunda estrofe da música, já havia se convertido em lágrimas. Chorava em todas as passagens de ano sem saber ao certo o que isso tinha de real e ritual em mim, embalada por um prazer estranho. Um sentimento avesso à alegria cultivada ao longo de todo o último dia do ano.

Com o passar do tempo, no entanto, percebi que aquela festa, antes envolta em magia e matizes de felicidade plena, foi perdendo o verniz e descascando, como venezianas velhas, cuja tinta lasca após anos exposta à chuva e ao sol.

Não sei ao certo o momento exato em que isso se deu, mas passei a enxergar, por trás dos rostos maquiados e das silhuetas realçadas de branco, fagulhas de tristeza, insatisfação e contrariedade.

Sei apenas que essa impressão foi ficando mais nítida quando a comemoração passou a ser feita na casa de praia. Percebi, desde então, que alguns se fechavam nos quartos, recusando-se a compor a roda. Outros saíam a caminhar pela beira do mar para não ter de cumprimentar desafetos ou fingir uma amizade há muito destruída. Isso sem falar naqueles que faziam questão de não tomar banho, em sinal de protesto ao que passaram a ver como uma vazia e patética encenação.

Em uma das últimas festas à beira-mar, todos aqueles que teimavam em manter o ritual da roda estavam prontos para se dirigir à praia, ensaiando baixinho o "Adeus, ano velho", ansiosos para ver a queima de fogos.

As mulheres equilibravam-se em saltos e vestidos de festa inapropriados para o lugar e os homens, de bermuda e chinelo, pareciam desconfortáveis e mal-vestidos ao lado de seus pares.

Para desespero de todos, uma forte e imprevista chuva caiu de repente, deixando todo mundo preso na casa. Lembro bem os olhares de frustração, que pareciam castelos de areia desmoronados.

Ficaram todos desacorçoados sobre os bancos, outros escorados nas mesas ou jogados sobre as poltronas, até que alguém decidiu que era preferível enfrentar a chuva, que já rareara um pouco, a ficar ali naquele marasmo.

E lá foram eles tentar reconstruir o que aos meus olhos, agora adulterados pela implacável perda da fantasia, já parecia em ruínas. Tentaram recompor a roda, mas a tentativa foi desastrosa. Não havia mais como forjar a união há muito perdida. O círculo humano formava-se e logo desfazia-se novamente, como os fogos de artifício, que após um brilhar efêmero, desapareciam no ar como se em verdade nunca tivessem existido. _____

MÃOS

As dores da minha alma não cabem nos dedos das mãos. A sombra do dedão do pai fez brotar minhas primeiras palavras. Derramei todo o meu padecer sobre aquele borrão. Reencontrei na sua digital minha identidade. Rito de passagem para mim. Depois disso, escrevo com frouxidão. Dedos certos e conformados do ofício de grafar dores.

Agora o pai está por todo canto. Escrito, inscrito, manuscrito em mim. Mas não o suficiente para preencher o vazio deixado por suas mãos. Aquele entrelaçar de dedos que fortalece a gente. Apoio firme a amortecer os tombos do caminho. Dedo justo a remover lágrima morna. Mão na testa a presumir febre ardente. Quantas dores se esvaem nas mãos de um pai!

É certo que eu tive todas as mãos da mãe tentando compensar tristezas. Seus dedos curtos e ásperos a aliviar dores, a estancar sangues. Pontas grossas a pelejar carinhos vãos. Palmas calejadas a perseverar carícias mancas. Mas a mãe não sabia acalentar. Aprendeu pouco de ternura nessa vida. Mesmo assim, eu sempre louvei suas mãos.

E tinha ainda as mãos do irmão mais velho. Presença forte a apontar destinos. Estavam sempre por perto, mas não eram dadas a carícias também. Nunca um afago. Sempre o mesmo aperto de mãos firme a estabelecer distâncias. Treinadas apenas na lida para prover o pão.

Vejo agora, estampadas em tinta verde, as mãozinhas gordas do meu filho Gabriel. Gabriel, meu bom augúrio, meu anúncio de salvação. Pudera estancar seus medos, apontar trilhas floridas para suas inquietações e acalentar seu coração durante as tempestades, somente com os dedos das minhas mãos.

Mas dor de alma não se curva. E são tantas, que não cabem nos dedos das mãos. ⎯⎯⎯⎯⎯⎯⎯⎯

em
retratos

Em memória da minha mãe, Alice

destino

"Subitamente o futuro existia; ele me transformaria em outra pessoa que diria eu e não seria mais eu."
SIMONE DE BEAUVOIR

01

. e então as fotografias estouraram em passado. o tempo recuperado na asa de borboleta desbotada em pose estranhíssima. a infância, antes dada como morta, reviveu como em polaroides ainda não reveladas. os recortes recobrando restos de antes. os pés da mulher, protegidos em botas e meias boas no vagão do trem de alta velocidade, de repente sentiram entre os dedos a frieza dos dias chuvosos, encharcados em lama e abandono.

02

---

da menina de cabelos cortados com tesoura cega, restava ainda um fio curto caído da memória no agora? mas de que adiantaria reviver no presente contínuo a menina e seu pretérito imperfeito? e onde enquadrar sua precária existência anterior se o agora era de uma felicíssima inverossimilhança?

03

a menina, por um instante paralisada, acossada pelo medo do destino estátua de sal (*quero ver você não chorar/não olhar pra trás/nem se arrepender do que faz/quero ver o amor vencer/mas se a dor nascer/você resistir e sorrir/se você pode ser assim/tão enorme assim/eu vou crer*).

04

e ela acreditava! acreditava em tudo que assistia na tela da TV preto e branco: na sorte possível revelada pela zebrinha nas noites de domingo. quem sabe um dia encontrasse a coluna do meio? um dia, talvez, os cobertores casas pernambucanas (*não adianta bater/eu não deixo você entrar*) pusessem fim ao frio infinito que sentia nos intervalos entre um capítulo e outro da reprise da novela. será que vale à pena ver de novo? na tela, um duplo dela capotando o fusca no meio da estrada, morrendo no despenhadeiro, para renascer outra, elegante e de cabelos muito lisos, depois de voltar de Paris.

05

e tinha a mesma fé cega, ouvindo sem entender, o que tocava na vitrola portátil azul bebê de segunda mão, em que girava em 33 rotações a trilha sonora de quando a mãe lhe deu à luz no hospital santa marcelina (*rock and roll lullaby/it'll be all right*).

06

uma noite histórica, em que todos os aparelhos
de televisão do país estavam sintonizados na
mesma cena: não o nascimento dela, mas o
renascimento da outra, que voltava depois de
ser dada como morta. a mãe entre um grito de
dor e um suspiro de alívio, perguntando às
enfermeiras o que estava acontecendo,
não dentro dela, que àquela altura já tinha
dado à luz quase uma dezena de filhos,
mas dentro do tubo de vidro escuro da tv, para
depois de um parto à fórceps dizer: ela vai
se chamar simone, como a simone da novela
selva de pedra, selando sem saber um destino.

07

12 de setembro? 15 de outubro? 1972? 1973?
a data que ninguém é capaz de precisar faria
com que o sentido do que estava escrito nas
estrelas fosse um enigma astrológico.
virgem ou libra. ascendente em aquário
ou ascendente em touro. água-terra-fogo-ar.
os planetas girando numa órbita impossível.
júpiter em tensão com urano. pelo resto da
vida, ela perderia a hora e erraria os dias: quem
sou eu? onde estou? que dia é hoje? que horas
são? estas seriam mais que simples questões
existenciais recorrentes.

08

a única certeza era ter nascido depois do dia 10. a mãe afagando a barriga e dizendo: espera até o dia 10. é dia de pagamento. porque do holerite em envelope amarelo do irmão mais velho viriam os cruzeiros para comprar um berço. a única da família a ter esse luxo. "uma menina de berço", a despeito da miséria circundante. mas condenada-inocente à infinita vertigem de ser ela e não ela. igual-diferente de todos os outros da família imensa.

09

como num entrar e sair da brincadeira de pular corda, a primeira infância batendo no chão e levantando a poeira do tempo: a casa inacabada, sem reboco, num quintal pequeno, sem cimento, sem portão ou muro que delimitasse o vasto mundo lá fora, enquanto do outro lado da rua, a moça ruiva da casa da frente, cantando e dançando (*che m'importa del mondo quando tu sei vicino a me?*) fiava um futuro com sua cor impossível. os cabelos longuíssimos e o rosto cheio de umas sardas que enchiam o universo de mistério. deve ter sido por esse tempo que se apossou da menina uma espécie de feitiço: todo dia acordava com uma música tocando dentro dela.

10

por trás da cortina das músicas que vinham da casa da frente, dançava a silhueta do primeiro amor. o menino adorado, olhos de jabuticaba madura reluzente, deixando-se entrever, e ela, coração de pardal aturdido, escondendo-se atrás do vitral de uma só cor. com quantos cacos coloridos se compõe um vitral de verdade se tudo no depois que é a memória parece um pouco desbotado?

11

os *flashes* agora se misturando aos pedaços de pano bom e fiapos de linhas caídos aos pés da dona lúcia, a costureira albina de cabelos longos e brancos, que passava os dias ali na varanda lateral da rua de trás, virgem, diziam as más línguas, penélope ao contrário, sem pretendentes, sentada à máquina de costura singer desde sempre, alinhavando retângulos coloridos em colchas de retalhos (para quê tantas colchas, meu Deus?).

12

é de retalhos também que se tece a memória
espalhada sobre a mesa do trem. o barulhinho
bom dos martelinhos batendo sobre o couro
na fabriquinha de sapatos da dona neide,
instalada numa edícula minúscula.
a lembrança do dia em que, tomada de pena,
a perspontadeira de mão cheia arrancou das
paredes umas cortinas amarelas. scarlet ohara
inconsciente. jamais se sentirá nua novamente,
poderia ter dito para a menina de roupas
puídas. mas calada, pés ágeis no pedal da
máquina, fez das cortinas roupas quase novas.
vestidos-vários-iguais, saias e blusinhas de alça
em série. tudo amarelo. floral.

13

a menina era agora uma cortina ambulante.
ou uma primavera fora de época atraindo para
o entorno de si borboletas e joaninhas,
enquanto perdia no corre-corre pelo quintal de
todo dia a nitidez das flores da pele nova. tudo
esmaecendo. o tecido inadequado para as
lavagens diárias se desgastando. cada vez mais
ralo, porém, dia após dia, mais leve. levíssimo!
às vezes, no varal, a roupa ondulava sem o
corpo dentro. ela espiava cheia de espanto a
pele florida secando aos raios impiedosos do
sol ou batida pelas águas implacáveis do verão.
talvez aí esteja a explicação da fascinação que
a menina agora mulher tem pelos ventos.
o arrepio bom que lhe causam até hoje os
temporais e a contraditória sensação boa de
quando caminha por ruas de cidades europeias
envolta em botas e casacos pesados.

14

num bater de pálpebras, ela está nas curvas de uma serra muito verde. é a viagem à praia de Barequeçaba. a primeira vez que viu o mar. os coqueiros e as conchas, nunca antes imaginadas, sonorizadas pelo mistério de uma canção francesa (*Et puis nous marchions sur la plage / Tu cherchais des coquillages / Comme un enfant / Les mettant à ton oreille / Pour entendre je me rappelle / L'océan dedans*).

15

na fotografia craquelada da memória, o mar ao fundo, a mãe sempre em primeiro plano, num vestido de algodão branco com folhagem vermelha. as mãos para trás denunciando o desamparo, sem um ombro ou um olhar masculino para sustentar seu corpo frágil de viúva jovem cheia de fome e filho. a mãe sem coração, apenas as tripas expostas no olhar de solidão. e a menina fora de foco, grávida de um futuro insondável, esperando em antecipada alegria as contrações da vida que vinha, que vinha, que vinha e de repente rebentava inundando tudo num *flash* de futuro indistinto ainda. como a onda verde quebrando sobre o dourado da areia grossa polvilhada de conchinhas trincadas.

16

na boca, o gosto do chá verde quentíssimo comprado na estação se misturando à memória do refresco de abacaxi temperado com a água salgada que escorria dos cabelos e dos cílios quando voltava correndo da praia, prenunciando um tempo em que lágrimas temperariam com o mesmo gosto maçãs verdes oferecidas a ela no *check-out* de hotéis sofisticados (*Sapore di sale/sapore di mare/Un gusto un po' amaro/di cose perdute*).

17

no ar o cheiro forte de arruda, porque é claro
que não tinha olhos, nem boca, nem coração
suficientes para tudo aquilo e no dia depois
daquele ontem tão feliz acordaria com febre e
seria levada para os cuidados da dona etelvina,
a benzedeira, com seus galhos mirrados de
arruda, gotejando água na cara da menina,
mandando com sua autoridade inquestionável
de curandeira beber um gole grande da água
amarguíssima que afastaria todos os males.

18

isso quando dos males o que se abatia sobre ela era o menor, pois que para as grandes aflições, como a pombajira que se apossava do corpo das moças jovens, era preciso recorrer aos poderes da dona olinda,
que tinha ligação forte com espíritos de esquerda, mais poderosos, e sabia domar encostos e carregar todo mal para as sete ondas do mar sagrado, despachando rosas em encruzilhadas e velas vermelhas nas areias da praia grande, em nome de Deus Pai Todo Poderoso. amém.

19

amém. com acento. era uma palavra corriqueira nas bocas femininas de poucos dentes. tantas eram as mulheres mal-amadas sozinhas de marido e fartas de filhos, trabalhando nas frentes e fundos de quintais, vendendo pinga, fazendo geladinho ou torrando amendoins com açúcar e corante, cada uma cumprindo a seu modo a sina de ser ninguém sob o céu impiedoso do fim do mundo. aquelas mulheres trágicas, tão perto tão longe de atenas, com seus desejos represados no meio das saias feitas de pano ruim, quase sempre estampadas com flores que nunca tinham visto.

20

elas que nas noites escuríssimas, sonhavam
com o galã da novela, exibido na telinha
preto e branca, um mocinho inventado que
amava uma mulher que era duas, e tendo,
depois, que deitar ao lado de seus homens
brutos e ainda dar graças a Deus por não
serem elas também viúvas precoces e
integrar o coro de carpideiras, lamentando
em ladainhas intermináveis e constantes as
balas de calibre 38 que levavam seus maridos
para o outro mundo, onde acreditavam,
haveria um final feliz.

21

era comum ouvi-las dizer: tem fé em Deus que amanhã é outro dia, minha irmã. e infeliz para sempre era o outro dia. reiterando uma sucessão infinita de agoras iguais, sem que nada de significativo se alterasse na paisagem árida. por isso ela, a menina, deslumbrava-se tanto com as curvas da estrada de santos, quando o futuro do pretérito passava veloz no retrovisor do fusca velho do irmão, o vento turvava a vista parcial que tinha do mar em determinadas curvas e ela vislumbrava entre a vegetação verdíssima e úmida um momento em que passado-presente-futuro se fundiriam em instantâneos fugidios e vagos. até que alguém mandasse fechar a janela, como se lhe cortassem as asas, e ela despencasse serra abaixo, sem ter penas suficientes para levitar no abismo que o fim de qualquer coisa significava.

22

como ali, naquele instante, as lembranças por um momento suspensas dentro do túnel.
a cabeça chiando. o ouvido tapado como quando descia a serra. o chuvisco preto e branco cobrindo todas as cenas. o coração fora de sintonia. as sístoles e diástoles de novo em ritmo lento. e ela esperando alguém que desse uns tapas na caixa de madeira do seu peito para que o coração pudesse voltar a funcionar direito e a vida pudesse recomeçar por trás dos chuviscos. já sabia que tudo que é forte demais parece estar perto do fim. mas ainda não! espera um pouco!

23

porque da TV agora emergia uma cançãozinha assustadora. por trás dos chuviscos conseguia ouvir a musiquinha de abertura de um desenho animado. são os flintstones (*they're a page right out of history*) servindo de trilha sonora para uma cena que ela não consegue enxergar muito bem, não consegue, não consegue. alguém muito imenso que a encosta numa parede. a parede sem reboco esfolando a pele das suas costas ainda fininha de menina. a construção inacabada. apenas as paredes levantadas a céu aberto. o peso e a escuridão e a opressão da pessoa-monstro. e, como nos pesadelos, a tentativa do grito. que não sai. e de nada adiantaria gritar! pai, me ajuda, me ajuda, pai! porque o pai já estava morto e enterrado e o mal já estava feito. podia apelar para Deus, é verdade. mas tinha certeza de que naquele dia, naquele exato momento, Deus não estava nem onipresente, nem onisciente, nem onipotente. Deus também estava morto. morto e com a boca cheia de capim. ou de pedrinhas (*sing it to me, mama/and she'd sing/It'll be all right/I can hear ya, mama / my, my, my, my mama*).

24

e então o apagão completo. a tela verde-leitosa da tv escondendo toda a luz e os fios dos pelos do braço arrepiados ao se aproximarem do vidro escuro para sempre.

25

fim?

26

não. porque de olhos fechados ela conseguia
sobrepor àquela cena as cenas do próximo
capítulo. antecipar a luz no fim do túnel que
estouraria em pedrinhas de brilhante.
a cintilância de uma noite estrelada.
a brincadeira de beijo-abraço-aperto-de-mão-
-passeio-no-escuro. o coração aos pulos no
minuto e meio que durou a mão do menino
segurando a mão dela. tempo suficiente para
atravessar e retornar do corredor escuro e
mergulhar na luz boa que era intuir que alguém
no mundo gostava dela de verdade. a voz da
mãe e o som da canção de ninar que ela cantava
ficando cada vez mais distante (*o primeiro foi
seu pai/ o segundo seu irmão/o terceiro foi
aquele que a tereza deu a mão*). quanto
sangue derramado dentro do seu coração.

27

do mergulho na claridade, em meio aos moinhos de vento na paisagem branca, surgem agora os corredores de um hospital sem nome, e mãos que a envolvem num lençol branquíssimo e gelado embebido em álcool. último recurso para livrá-la de uma febre de mais de quarenta graus que não cedia com antitérmico de nenhuma espécie. quarenta graus era talvez a temperatura do capim gordura queimando no terreno baldio onde ela foi mordida por uma aranha caranguejeira. o desespero para encontrarem a aranha. colocarem num vidro e levarem junto com ela para o instituto butantã onde descobririam o antídoto. mas todo veneno tem seu antídoto?

28

a delícia e o desespero da alucinação
momentânea. o mundo visto por dentro,
as perninhas pretas da aranha pintadas de
laranja olhando pra ela entre os grãos verdes
caídos dos pés de café numa proporção
agigantada. como quando colocavam uma
formiga dentro do binóculo e com um olho só
ela enxergava o inseto antes indefeso em
proporções intoleráveis. e, até hoje, lençóis
brancos e frescos causando nela um instante
de semelhante alucinação. o prazer do contato
do corpo quente com o frescor do tecido. a
sensação do álcool penetrando os poros da
pele. esterilizando tudo. incendiando tudo.
congelando tudo.

29

mas acabou o túnel. e se ela fechar os olhos agora por mais alguns instantes, pode mudar de canal e ver e sentir o cheiro da cartilha caminho suave, as letras soltas dançando na imaginação. a sensação indescritível de conseguir ultrapassar com mão trêmula a primeira curva do *a* sobre o pontilhado preto da página branca e assim sucessivamente: *a e i o u*.

30

a professora dona ivani a olhar, com olhos
grandes e alegres, os cílios longos de barata
boa: muito bem, muito bem! abrindo a cada
página uma janela imensa: abelha, barriga,
cachorro, dado, faca, gato, jarra, laranja,
macaco, navio, pato, rato, sapo, tapete, vaca,
xadrez, zazá.

31

quem é zazá?, ela se perguntava em deliciosa
confusão. zazá mexe a comida na panela.
a comida de zazá é muito boa. zazá vai à reza.
zuzu azula na rua. e ponto final. estava dada a
nova ordem do mundo: zuzu azula na rua! as
palavras que ela escreveria em breve, para
depois ler, tomada de contentamento, na letra
perfeita da professora: excelente! parabéns!
continue assim! a alegria culminando no final
do pré-primário com o título de melhor aluna
da sala e o presente impensado: uma caixa de
lápis faber castell de 24 cores. e a vida se
colorindo de verde água e amarelo ocre
para sempre.

32

no devagar depressa do tempo, os lápis
diminuindo de tamanho, menos o branco, que
ela não sabia usar, resistindo inteiro,
longuíssimo, como as torres brancas de energia
eólica com suas hélices gigantes que ela agora
vê ao longe. cataventos de metal que arrastam
no ar os confetes. restos de um carnaval
tristíssimo. as lembranças esparramadas pelo
chão em minúsculos círculos rosas e azuis
desbotados. sobre a cabeça a teia de
serpentinas misturando tudo num quase nó.
numa ponta, ela eufórica com a beleza nunca
antes vista (*quanto riso/oh, quanta alegria*),
agachada no chão da matinê do clube,
tentando recuperar os confetes perdidos,
catando as pétalas dos colares de havaiana. na
outra, um sangue ralo surgindo de dentro dela
estragando tudo. (*o arlequim está chorando
pelo amor da colombina/no meio da
multidão*). na imaginação fértil, uma ferida
invisível e indolor manchando tudo. os confetes
e as serpentinas pisoteados. tudo agora
parecendo imprestável.

33

a angústia dos dias se dissolveria nas peças brancas colocadas para quarar sobre a grama rala do quintal. tudo tingido de azul terroso do anil desmanchando na bacia de alumínio reluzindo ao sol. as cores vivas apaziguando o dentro-fora escuro. uma vontade louca de mastigar o tablete de anil para quem sabe voltar a sorrir em outro tom. até atentar pela primeira vez à abertura da tv mulher e alcançar sozinha uma compreensão vaga da sina inescapável (*mulher é bicho esquisito/todo mês sangra*).

34

em cor-de-rosa-choque, despontava numa
curva perigosíssima a adolescência,
atropelando os tempos, bifurcando os
caminhos, precipitando os acontecimentos,
alterando para nunca o centro de gravidade do
corpo, ainda em formação, e colocando
a menina à beira de um abismo.

35
...

36

mas agora o trem está quase parando.
no alto-falante, anuncia-se o destino final
da viagem. a gare du nord entra pelas janelas
em câmera lenta. a menina pendurada em um
precipício ficou para trás.

Uma mulher está indo de trem para Paris.
É uma manhã de inverno. Há neve cobrindo a copa das árvores. Vez ou outra, os postes de energia eólica aparecem ao longe. Modernos moinhos de vento. Ela leva consigo uns livros, umas músicas, alguns euros, umas poucas peças de roupa e uma máquina fotográfica com um filme de 36 poses. Vestida em seu casaco castor, carrega em um dos bolsos um pedaço de pão. A todo minuto consulta o bolso. Apalpa o pão para se certificar de que ele continua lá. Nos intervalos entre um minuto e outro, toma um gole pequeno do chá verde muito quente comprado segundos antes da partida, como se precisasse fazer durar, até o fim da viagem, o chá e a coragem que ele lhe infunde. O que vê fora contrasta com o que vê dentro. Olha no reflexo da janela essa pessoa que cruza o longe de tudo com estranheza.

Onde nasceu? Em que dia exatamente? Esta que segue destemida por trilhos tão desconhecidos? Ela sou eu, eu sei. Conversamos longamente. Silenciamos às vezes. De tempos em tempos, ela anota uma frase minha no pequeno bloco que tem no outro bolso do casaco. Anota-a e devolve o bloco com cuidado ao bolso, mantendo por alguns segundos a mão sobre o papel bom. Estamos indo. Não só a Paris. Estamos indo ao encontro do que seremos na soma final de todos os instantes. No trem de alta velocidade, por um acaso numérico, estou sentada de costas para o meu destino.
De modo que meus olhos enxergam só o que no instante mesmo que é, já ficou para trás. Vou sem olhar para o que me espera. Porque ir, afinal, é tudo o que importa. Como fui, antes, quando eu não era eu. Quando eu era ela.

Ela está no pátio principal da Sorbonne. Observa com incredulidade o sol batendo nas pedras claras sob um céu azul impossível. Dali se desloca pelos corredores que levam às salas. Olha com cautela, pela fresta, o anfiteatro que a espera ainda vazio. Na lousa verde-escura, escrita em giz, a frase de abertura da sua fala:

"Não se nasce mulher, torna-se mulher".
SIMONE DE BEAUVOIR

© Editora NÓS, 2019

Direção editorial SIMONE PAULINO
Projeto gráfico BLOCO GRÁFICO
Assistentes de design LAIS IKOMA, STEPHANIE Y. SHU
Revisão DANIEL FEBBA, LIVIA LIMA

Dados Internacionais de Catalogação na Publicação (CIP)

Paulino, Simone
   Abraços negados em retratos / Simone Paulino
   São Paulo: Editora Nós, 2019
   104 pp.

ISBN 978-85-69020-28-8

1. Literatura brasileira. 2. Ficção. 3. Conto.
4. Memória. I. Título.

CDD 869.8992, CDU 821.134.3 (81)

Índices para catálogo sistemático:
1. Literatura brasileira 869.8992
2. Literatura brasileira 821.134.3 (81)

Todos os direitos desta edição
reservados à Editora NÓS
www.editoranos.com.br

Fontes NATIONAL, SECTRA
Papel PÓLEN SOFT 80 g/m²